ALTERNATOR BOOKS™ EN ESPAÑOL

CAMPOS DE INTERNAMIENTO

DE ESTADOUNIDENSES DE ORIGEN JAPONÉS

Laura Hamilton Waxman

ediciones Lerner ◆ Mineápolis

Nota del editor: Este libro utiliza el término *campo de internamiento* para describir el confinamiento de los estadounidenses de origen japonés durante la Segunda Guerra Mundial. Ten en cuenta que, en un contexto legal, el *internamiento* suele definirse como el confinamiento de extranjeros enemigos. Debido a que la mayoría de los estadounidenses de origen japonés encarcelados eran ciudadanos estadounidenses, y a que fueron encarcelados por su origen étnico, algunos prefieren el término *campo de concentración*.

Consultora de contenidos: Hana C. Maruyama, estudiante de doctorado en Estudios Americanos, Universidad de Minnesota

Título original: *Japanese American Internment Camps*

La traducción al español fue realizada por Zab Translation.

ediciones Lerner
Una división de Lerner Publishing Group, Inc.
241 First Avenue North
Mineápolis, MN 55401, EE. UU.

Si desea averiguar acerca de niveles de lectura y para obtener más información, favor consultar este título en www.lernerbooks.com.

Fuente del texto del cuerpo principal: Aptifer Slab LT Pro Regular 11.5/18.
Fuente proporcionada por Linotype AG.

Library of Congress Cataloging-in-Publication Data

Names: Waxman, Laura Hamilton, 1971– author.
Title: Campos de internamiento de estadounidenses de origen japonés / Laura Hamilton Waxman.
Other titles: Japanese American internment camps. Spanish
Description: Minneápolis : ediciones Lerner, [2023] | Series: [Héroes de la segunda guerra mundial] | Includes index. | Audience: Ages 8–12 | Audience: Grades 4–6 | Summary: "After Japan bombed Pearl Harbor, a presidential order forced more than one hundred thousand Japanese Americans from their homes. Learn about the innocent people who spent years imprisoned in American internment camps. Now in Spanish!"— Provided by publisher.
Identifiers: LCCN 2022011577 (print) | LCCN 2022011578 (ebook) | ISBN 9781728477282 (library binding) | ISBN 9781728478074 (paperback) | ISBN 9781728479897 (ebook)
Subjects: LCSH: Japanese Americans—Evacuation and relocation, 1942-1945—Juvenile literature. | World War, 1939-1945—Japanese Americans—Juvenile literature. | Japanese—United States—History—Juvenile literature.
Classification: LCC D769.8.A6 W3918 2023 (print) | LCC D769.8.A6 (ebook) | DDC 940.53/1773089956—dc23/eng/20220328

LC record available at https://lccn.loc.gov/2022011577
LC ebook record available at https://lccn.loc.gov/2022011578

Fabricado en los Estados Unidos de América
1-52364-50721-4/12/2022

CONTENIDOS

INTRODUCCIÓN

EL BOMBARDEO QUE DIO LA VUELTA AL MUNDO

En la mañana del 7 de diciembre de 1941, Daniel Inouye, de diecisiete años, vio con horror cómo los aviones de combate japoneses sobrevolaban Hawái. Los aviones se dirigían a una importante base naval estadounidense en la cercana Pearl Harbor.

Los aviones de combate dañaron o destruyeron casi veinte barcos estadounidenses y trescientos aviones militares. Ese día perdieron la vida casi 2500 marineros, soldados y civiles.

Los padres de Daniel eran inmigrantes japoneses y le habían enseñado a ser sumamente leal a su nuevo país. Daniel incluso había recibido capacitación en primeros auxilios como voluntario de la Cruz Roja. Después del ataque, fue en bicicleta a Pearl Harbor para ofrecer ayuda médica. Durante días trabajó incansablemente para salvar el mayor número de vidas posible.

El humo se eleva detrás de los marineros y los aviones dañados en Ford Island, la base militar de Pearl Harbor, el día del bombardeo.

La noticia del atentado viajó rápidamente por todos los Estados Unidos. Un chico llamado Saburo Masada se enteró mientras escuchaba la radio en California. Saburo se sorprendió de que los japoneses hicieran algo así. Exclamó: "¿Quiénes se creen que son para bombardear nuestro país?".

La gente de San Francisco examina los titulares de las noticias el día después del bombardeo de Pearl Harbor.

Daniel Inouye obtuvo numerosos premios y medallas por su servicio militar de 1943 a 1947. Más tarde, se convirtió en senador de los Estados Unidos.

Para Saburo, Daniel y otros miles deestadounidenses de origen japonés, "nuestro país" era Estados Unidos. Estaban profundamente afligidos por el bombardeo, al igual que otros estadounidenses. Pero Japón se había convertido repentinamente en el enemigo número uno de los Estados Unidos, y muchos estadounidenses vieron de repente a los estadounidenses de origen japonés como el enemigo. Ese punto de vista pronto llevaría a años de prisión a muchos miles de hombres, mujeres y niños.

CAPÍTULO 1

ENEMIGO NÚMERO UNO

Pearl Harbor fue atacado durante la Segunda Guerra Mundial (1939-1945). Este conflicto ya llevaba dos años en Europa y otras partes del mundo. Enfrentó a Alemania, Japón y otras cuatro naciones contra Gran Bretaña, Francia y sus aliados. Al día siguiente del bombardeo, Estados Unidos se unió a Gran Bretaña y Francia en la guerra.

Una de las principales causas de la Segunda Guerra Mundial fue el plan del líder alemán Adolf Hitler de apoderarse de Europa. Los líderes japoneses habían hecho algo similar en China y Corea. Durante la toma de posesión de Hitler, los soldados alemanes (*extrema derecha*) hirieron o mataron a unos seis millones de judíos.

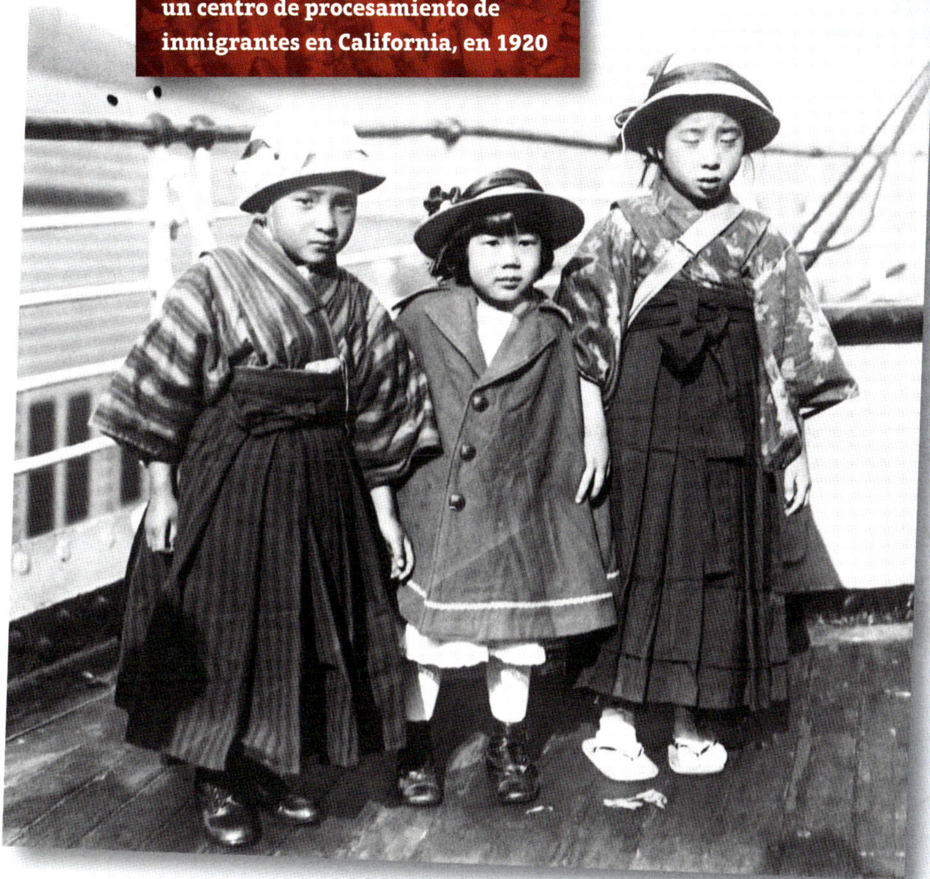

Niños japoneses en Angel Island, un centro de procesamiento de inmigrantes en California, en 1920

ANTES DE PEARL HARBOR

Los inmigrantes japoneses comenzaron a llegar a los Estados Unidos a finales del siglo XIX y principios del XX. Muchos se establecieron en la costa oeste, en California, Oregón y Washington. Como inmigrantes, no se les permitía ser ciudadanos estadounidenses ni poseer tierras. Los hijos nacidos en los Estados Unidos eran automáticamente ciudadanos.

Al igual que los inmigrantes que habían llegado antes, los japoneses trabajaron duro para conseguir una vida nueva. Pero otros trabajadores y propietarios de negocios los veían como competencia. Acusaban a los recién llegados de robar puestos de trabajo o de quitarles clientes. Finalmente, el gobierno aprobó leyes que impedían la entrada de más inmigrantes japoneses a los Estados Unidos.

Masaichi Ishibashi (*izquierda*) y su madre, Take. Él era un ciudadano estadounidense de padres inmigrantes japoneses nacido poco después de que ellos hubieran empezado a dedicarse a la agricultura en California en 1910.

ORDEN EJECUTIVA 9066

Tras el ataque a Pearl Harbor, se dispararon los prejuicios y el miedo hacia los estadounidenses de origen japonés. Se extendió el rumor de que los estadounidenses de origen japonés trabajaban como espías para Japón. A algunos estadounidenses les preocupaba que los "espías" estuvieran planeando una invasión japonesa de la costa oeste.

Funcionarios del gobierno cercanos al presidente Franklin Roosevelt lo convencieron de que los estadounidenses de origen japonés de la costa oeste amenazaban la seguridad del país. Decían que los estadounidenses de origen japonés debían ser separados del resto de la sociedad.

En febrero de 1942, apenas dos meses después del ataque a Pearl Harbor, Roosevelt emitió la orden ejecutiva 9066. Este documento oficial otorgaba al gobierno el derecho a expulsar a los estadounidenses de origen japonés de sus hogares y confinarlos en campos de internamiento, llamados entonces centros de reubicación de guerra.

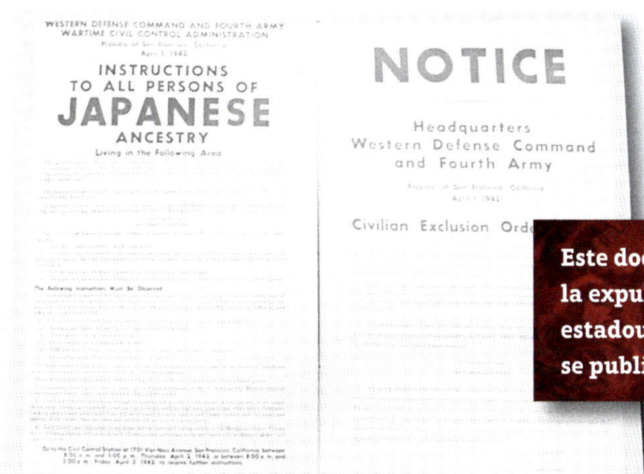

Este documento que anunciaba la expulsión forzosa de los estadounidenses de origen japonés se publicó en California en 1942.

CAPÍTULO 2
PERDER EL HOGAR

La orden ejecutiva de Roosevelt afectó a todos los estadounidenses de origen japonés, incluso a quienes eran solo un dieciseisavo de japonés. Afectó a la gente que había nacido en Japón. También afectó a los nacidos en los Estados Unidos, que tenían la ciudadanía plena.

El propietario estadounidense de origen japonés de esta tienda de California colocó un cartel que decía "Soy estadounidense" el día después del ataque a Pearl Harbor.

Esta familia espera que su equipaje sea inspeccionado antes de que se los envíe a un campo de internamiento en 1942.

SOLO LO QUE PUDIERAN TRANSPORTAR CONSIGO

Algunas familias se enteraron de que pronto se verían obligadas a abandonar sus hogares. Se les concedió solo una semana para prepararse. A otros, solo se les avisó con medio día de antelación que el gobierno los trasladaría a uno de los diez centros de reubicación. Estos centros se encontraban en zonas remotas de California, Arizona, Colorado, Wyoming, Idaho, Utah y Arkansas.

A las familias se les dijo que empacaran "solo lo que pudieran transportar consigo". Todo lo demás tenían que venderlo o abandonarlo. Ernest Uno, de 16 años, había

La familia Mochida de California lleva etiquetas con el fin de mantenerlos unidos mientras viajan a un campo de internamiento.

trabajado duro para ganar dinero para su brillante bicicleta roja y blanca. La vendió por solo cinco dólares. "Me rompió el corazón que eso fuera todo lo que valía para quien la compró", recordó.

PERDERLO TODO

Ernest no estaba solo. Muchas personas y familias se vieron obligadas a vender sus propiedades y posesiones. En su desesperación, a menudo aceptaban precios injustamente bajos.

Un joven empresario californiano llamado Frank Emi dirigía el supermercado de su familia. Acababa de gastar todos sus ahorros de $25 000 en renovaciones. Se vio obligado a vender la tienda y todo lo que había en ella por solamente $1500.

Al final de la semana, se esperaba que él y otros estadounidenses de origen japonés se reunieran en un lugar determinado. A partir de ahí, serían transportados lejos. En San Diego, Ben Tateishi, de once años, vio que sus vecinos blancos se asomaban detrás las cortinas cuando él y su familia salían de su casa. La mirada silenciosa de sus vecinos lo llenó de vergüenza.

Sally Tsuneishi pasó por delante de su escuela secundaria al salir de Los Ángeles. "Pensé en la redacción premiada que había escrito para mi clase de inglés de la escuela secundaria", recordó. "Se titulaba 'Por qué estoy orgullosa de ser estadounidense'". Corrían lágrimas corrían por su rostro al darse cuenta de que su país la veía ahora como el enemigo.

HÉROE DESTACADO

Durante la guerra, el gobierno estadounidense pidió a los estadounidenses de origen japonés que completaran un formulario para demostrar su lealtad al país. Incluía preguntas sobre la disposición de los hombres a servir en el ejército estadounidense. Los que respondían que no a esas preguntas pasaban a ser conocidos como "No-No Boys". Algunos de estos jóvenes, como Noboru Taguma (*derecha*), fueron encarcelados por sus supuestas respuestas desleales.

CAPÍTULO 3

LOS CENTROS DE REUBICACIÓN

Los autobuses y trenes llevaron a más de 110 000 estadounidenses de origen japonés a los centros de reubicación. Para empeorar las cosas, el FBI había detenido a algunos estadounidenses de origen japonés por considerarlos un peligro para el país. Así que, aunque la mayoría de las familias permanecían juntas, muchas viajaban sin uno o ambos padres.

Estadounidenses de origen japonés de Los Ángeles suben a un tren con destino al Centro de reubicación de guerra Manzanar, en California.

Manzanar estaba en el Valle de Owens de California, entre Sierra Nevada y las montañas Inyo.

LLEGADA

Muchos de los centros de reubicación se encontraban en climas desérticos. Estaban rodeados de alambres afilados. Estaban vigilados por guardias, y cualquiera que intentara escapar sería fusilado.

Un niño llamado John Y. Tateishi se aferró a sus padres cuando su familia entró en un gran centro de reubicación en California llamado Manzanar. "Mirábamos las torres de vigilancia y sentíamos un profundo temor a los soldados armados que nos vigilaban", recuerda.

Las familias se hacinaban en barracas estrechas y mal construidas con finas paredes de papel de alquitrán. Las barracas no tenían cañerías ni cocinas. Disponían de pequeñas estufas, pero apenas evitaban el frío nocturno. Las enfermedades y las dolencias en estos cuartos tan cerrados se propagaban fácilmente de persona a persona.

Campos de internamiento en los Estados Unidos

Toyo Suyemoto y su familia fueron asignados a una barraca en Topaz, en Utah. La pequeña habitación estaba vacía, salvo por unos cuantos catres y colchones del ejército. El suelo estaba cubierto de una gruesa capa de polvo. Antes de mudarse, la familia de Toyo pidió prestadas escobas para barrerlo.

SACAR LO MEJOR DE UNA MALA SITUACIÓN

Los internos encontraron otras formas de hacer más acogedoras sus barracas. Construían estanterías y muebles con restos de madera. Con retazos de tela, hacían cortinas para las ventanas y las duchas. Antes no había nada que separara los baños de los vecinos. Algunas familias construían paredes divisorias con madera y tela. Así podían tener algo de intimidad.

En el exterior, algunos se las ingeniaron para crear sencillos parques infantiles de madera. Otros crearon jardines japoneses. De esta manera, hicieron que las duras barracas se parecieran un poco más a hogares.

LO MÁS DESTACADO DE CTIM

Un trabajo clave en los centros de reubicación era la agricultura. A finales de 1943, los centros cultivaban el 85 % de sus propias verduras. También criaban animales de granja como cerdos, pollos y ganado. El río Gila, en Arizona, llegó a tener su propia granja lechera.

CAPÍTULO 4

LA VIDA COTIDIANA

La vida era difícil en los campos de internamiento. Sentir nostalgia era solo uno de los muchos retos de vivir tras las vallas de seguridad.

La mayoría de los adultos tenían trabajos remunerados. Había puestos para médicos, enfermeros, profesores, limpiadores, cocineros, oficinistas y mucho más. Los hombres y mujeres cobraban una fracción de lo que habrían ganado en su país. Pero el trabajo les permitía ganar algo de dinero. Podían comprar artículos adicionales en las tiendas de los campamentos o ahorrar estas pequeñas cantidades para el día en que dejaran los campamentos.

Una familia en su pequeño espacio vital en el campamento de Tule Lake

Muchos adultos luchaban por adaptarse. Echaban de menos ganarse bien la vida y mantener a sus familias. El padre del joven Charles Kikuchi estaba triste a menudo. Rara vez salía de su barraca. Pero la madre de Charles experimentó un nuevo sentimiento de comunidad. En su país, había tenido un papel más tradicional como cuidadora de la casa. En Gila River, le gustaba salir más y hacer nuevos amigos.

LO MÁS DESTACADO DE CTIM

Algunos químicos y botánicos talentosos pudieron utilizar sus habilidades para ayudar a los Estados Unidos. Por ejemplo, el caucho escaseaba debido a la guerra. Se utilizaba, entre otras cosas, para los neumáticos de los vehículos. En Manzanar, los científicos estadounidenses de origen japonés experimentaron con una planta llamada guayule (*derecha*) para hacer un nuevo tipo de caucho. Era tan fuerte como el caucho tradicional. Aun así, el gobierno no daba mucho crédito a los científicos por su trabajo.

ESCUELA Y DIVERSIÓN

Al igual que sus padres, los niños tuvieron que acostumbrarse a una nueva vida. Muchos anhelaban volver a casa con sus viejos amigos y vecinos. Algunos niños encontraban un poco de consuelo al estar rodeados de tanta gente joven.

Durante el día, los niños iban a la escuela en barracas divididas en pequeñas aulas. Estudiaban materias como arte, ciencias, idiomas, estudios sociales, música y matemáticas.

Una clase de cuarto grado en el campamento de Rohwer en Arkansas en 1942

Los partidos de baloncesto femenino a menudo atraían a grandes multitudes en Manzanar.

Estar ocupados los ayudaba a mantener a raya la nostalgia. En su tiempo libre, los niños se unían a los Boy Scouts y Girl Scouts, y los adultos dirigían periódicos.

Los deportes también eran populares. La gente construyó canchas de béisbol y formó ligas. En otoño, jugaban al fútbol y al baloncesto. Algunos jugadores fueron incluso reclutados por equipos universitarios o profesionales.

CAPÍTULO 5

VOLVER A EMPEZAR

En diciembre de 1944, el Tribunal Supremo dictó una sentencia importante. Afirmaba que el gobierno estadounidense no tenía derecho a encarcelar a personas que no habían hecho nada malo. Ese mes el gobierno anunció que empezaría a cerrar los campos de internamiento. Entre 1945 y 1946, se permitió a los internos volver a casa.

Un oficial del campo comprueba los nombres de una lista mientras los estadounidenses de origen japonés se preparan para abandonar Gila River en Arizona en septiembre de 1945.

El caso del Tribunal Supremo que condujo al cierre de los campos de internamiento fue presentado en nombre de Mitsuye Endo (*derecha*). Defendió a todos los estadounidenses de origen japonés inocentes que fueron encarcelados.

SIN HOGAR AL QUE VOLVER

La mayoría de la gente volvió a casa sin nada. El padre de Mitsuo Usui había vendido su vivero de California a un vecino por $1000. Su vecino había accedido a vendérselo por un precio similar cuando volviera. Pero la familia de Mitsuo descubrió que el vecino había vendido su propiedad a otro hombre. Este hombre exigió un precio de $26 000. La familia no tenía esa cantidad de dinero. Lo perdieron todo.

Algunas familias afortunadas tenían vecinos más amables. En Sacramento, California, Bob Fletcher prometió cuidar las granjas de las familias Nitto, Okamoto y Tsukamoto. A cambio, aceptaron que se quedara con la mitad de los beneficios. Cuando volvieron a casa, sus tierras estaban bien cuidadas y los esperaban.

UNA DISCULPA

Los estadounidenses de origen japonés habían perdido su propiedad y su dignidad. Habían sido tratados como enemigos por el país que amaban. Sin embargo, el gobierno se negó a disculparse o a retribuirles por sus pérdidas.

En la década de 1960, los estadounidenses de origen japonés lanzaron un movimiento para exigir justicia. Finalmente, en 1988, el Congreso de los Estados Unidos acordó pagar $20 000 a cada internado vivo. Este dinero ayudaría a compensar lo que los estadounidenses de origen japonés habían perdido. El gobierno también emitió una disculpa por cómo había tratado a los estadounidenses de origen japonés durante la guerra.

El fiscal general de los EE. UU. (*derecha*) entrega pagos a los estadounidenses de origen japonés en 1990, más de cuarenta años después del internamiento.

HÉROE DESTACADO

Edison Uno (*derecha*) tenía trece años cuando él, sus padres y sus nueve hermanos fueron obligados a abandonar su casa. Vivieron en centros de reubicación en Colorado y Texas. En los años 60 y 70, Uno lideró un movimiento de **desagravio** para exigir justicia al gobierno. Pronunció discursos, sirvió en el gobierno local, dio clases y fue consultor de libros y películas sobre los campos de internamiento.

Desde entonces, los estadounidenses se han dado cuenta de la injusticia de los campos de internamiento. Muchos juraron no volver a permitir que algo así le ocurra a ningún grupo de personas en los Estados Unidos.

Línea de tiempo

1885 Comienza a llegar una oleada de inmigrantes japoneses a los Estados Unidos, pero el gobierno estadounidense se niega a concederles la ciudadanía. Solo los estadounidenses de origen japonés nacidos en los Estados Unidos son considerados ciudadanos.

1913 Se aprueba la Primera Ley de Tierras de Extranjeros (First Alien Land Law) en California. Prohíbe a los nacidos en Japón poseer tierras. Otros estados no tardaron en aprobar leyes similares.

1924 La Ley de Inmigración (Immigration Act) de 1924 impide la entrada de nuevos inmigrantes japoneses a los Estados Unidos.

1939 septiembre 1 Comienza la Segunda Guerra Mundial en Europa. Los conflictos ya estaban en marcha allí y en Asia.

1941 diciembre 7 Los aviones caza japoneses atacan la base naval de Pearl Harbor en Hawái.

1941 diciembre 8 El presidente Roosevelt declara la guerra a Japón, y Estados Unidos entra en la Segunda Guerra Mundial. El FBI detiene a más de mil estadounidenses de origen japonés.

1942 El Presidente Roosevelt firma la Orden Ejecutiva 9066 el 19 de febrero. Para la primavera, unos 110 000 estadounidenses de origen japonés habían sido obligados a ir a campos de internamiento.

1944 Diciembre El Tribunal Supremo de los Estados Unidos dictamina en Ex Parte Endo que el gobierno de los Estados Unidos no puede encarcelar a personas que han demostrado ser leales a los Estados Unidos. El gobierno comienza a cerrar los centros de reubicación.

1945 septiembre 2 Termina la Segunda Guerra Mundial.

Década de 1960 Comienza el movimiento de desagravio. Sus líderes exigen una disculpa del gobierno estadounidense y el pago de las pérdidas que sufrieron los estadounidenses de origen japonés.

1988 agosto 10 El presidente Ronald Reagan firma una nueva ley que otorga $20 000 y una disculpa del gobierno a cada internado superviviente. La ley también crea un fondo para educar a los estadounidenses sobre los peligros de los prejuicios.

Década de 1990 Los estadounidenses de origen japonés que habían sido encarcelados en los centros de reubicación reciben pagos del gobierno.

Notas de la fuente

6 Tammy Real-McKeighan, "Couple Shares Story of Living in Japanese Internment Camps", *Fremont (NE) Tribune*, 2012 abril 24, http://fremonttribune.com/news/local/couple-shares-story-of-living-in-japanese-internment-camps/article_f917df1e-8e20-11e1-bbc4-001a4bcf887a.html.

13 Richard Reeves, *Infamy: The Shocking Story of the Japanese American Internment in World War II* (Nueva York: Henry Holt, 2015), 66.

14 Ellen Levine, *A Fence Away from Freedom: Japanese Americans and World War II* (G. P. Putnam's Sons, 1995), 35.

15 Reeves, *Infamy*, 76–77.

17 Erica Harth, ed. *Last Witness: Reflections on the Wartime Internment of Japanese Americans* (Nueva York: Palgrave, 2001), 129.

Glosario

aliados: en tiempos de guerra, las naciones que luchan juntas contra un enemigo común

barracas: un conjunto de edificios sencillos utilizados normalmente para alojar a los soldados

botánicos: científicos que estudian y trabajan con plantas

centros de reubicación: áreas donde los estadounidenses de origen japonés fueron encarcelados en los Estados Unidos durante la Segunda Guerra Mundial. Los centros de reubicación solían llamarse campos de internamiento.

inmigrantes: personas que se trasladan a otro país para vivir allí permanentemente

internamiento: confinamiento como prisionero, especialmente en tiempos de guerra

internos: personas confinadas en un campo de internamiento

papel de alquitrán: un papel negro pesado recubierto de una sustancia espesa llamada alquitrán

prejuicio: un juicio u opinión injusta no basada en hechos

remoto: lejano y aislado

resarcir: compensar un agravio o una injusticia

Más información

Bailey, Rachel A. *The Japanese Internment Camps.* Ann Arbor, Minnesota: Cherry Lake, 2014.

Children of the Camps: Internment History
http://www.pbs.org/childofcamp/history/index.html

Introduction to WWII Incarceration
https://densho.org/learn/introduction/

Japanese-American Internment
https://www.history.com/topics/world-war-ii/japanese-american-internment-during-wwii-video

Japanese American National Museum
http://www.janm.org

Our Story: Daily Life in the Internment Camps
http://amhistory.si.edu/ourstory/activities/internment/more.html

Owens, Lisa L. *Attack on Pearl Harbor.* Mineápolis: Lerner Publications, 2018.

Sullivan, Laura L. *Life as a Child in a Japanese Internment Camp.* Nueva York: Cavendish Square, 2017.

Índice

Créditos por las fotografías

Las imágenes de este libro se utilizan con el permiso de: © iStockphoto.com/akinshin (fondos de alambre de espino); © iStockphoto.com/ElementalImaging, p. 1 (fondo de camuflaje); National Archives, pp. 4-5, 11, 12, 13, 14, 16, 19, 20, 21, 22, 23, 24, 25, 29; Library of Congress (LC-USF34-081814-E), p. 6; AP Photo, p. 7; United States Holocaust Memorial Museum, courtesy of National Archives and Records Administration, College Park, pp. 8, 28; © Bettmann/Getty Images, p. 9; Department of Archives and Special Collections, California State University Dominguez Hills, p. 10; © iStockphoto.com/aaron007, pp. 15, 27 (marco de alambre de espino); Sacramento State University Library, p. 15; Library of Congress (LC-DIG-ppprs-00338), p. 17; © Laura Westlund/Independent Picture Service, p. 18; AP Photo/Dennis Cook, p. 26; Courtesy of UCSF Archives & Special Collections, p. 27.

Portada: National Archives (niños); © iStockphoto.com/akinshin (fondo de alambre de espino); © iStockphoto.com/ElementalImaging (fondo de camuflaje); © iStockphoto.com/MillefloreImages (fondo de bandera).